LA MONTAGNE DES TROLLS
LA FORÊT DES ELFES
LA CITÉ GOTHIQUE DES GAROUS
LE DONJON NOIR

Le Royaume des Quatre-Murs

Le Donjon Noir

24-32, rue des Amandiers, 75020 Paris – France

Correction : Catherine Rigal

Loi n° 49-956 du 16 juillet 1949 sur les publications destinées à la jeunesse,
modifiée par la loi n° 2011-525 du 17 mai 2011.
Dépôt légal : janvier 2021. Imprimé en Serbie.

Produit conçu et fabriqué sous système de management de la qualité certifié AFAQ ISO 9001.

FSC
www.fsc.org
MIXTE
Papier issu de
sources responsables
FSC® C117682

LE ROYAUME DES QUATRE-MURS

Le Donjon Noir

Écrit par Bertrand Puard
Illustré par Nicolas (ico) Vallée

AUZOU romans Pas de géant

Les enfants du Chevalier du Roi

Alicia

Tristan

Loth,
médecin du Roi

Viktor,
garou

Mayeul,
le Roi

1 La fuite

Les gardes noirs cognèrent avec une fureur inouïe contre la porte en bois.

— Ouvrez ! hurla une voix.

Viktor resta interdit, comme sa mère, son père et sa petite sœur, réunis autour de la table du dîner.

— Ouvrez !

Les coups redoublèrent et le jeune garou eut l'impression que les pierres de sa maison tout entière allaient se fendre sous la violence des coups. Après une hésitation, son père se décida à aller ouvrir. Six gardes entrèrent en le bousculant. La mère se leva à son tour tandis que Viktor et sa sœur se recroquevillaient sur leurs chaises.

— Par ordre du Seigneur du Donjon Noir, tonna un des gardes en déroulant un parchemin entre ses longues griffes, si ce que nous supposons est vrai, les habitants de cette modeste demeure devront rester enfermés jusqu'à nouvel ordre. Aucune sortie ne sera autorisée.

Viktor regardait la scène en cherchant à maîtriser les tremblements d'effroi qui agitaient son corps. Les gardes garous étaient vêtus de leurs costumes noirs habituels. Leurs longues capes flottaient dans les courants d'air.

— Toute tentative de sortie de votre domicile sera passible de la plus sévère des sanctions : la mort.

— Ce n'est rien, dit la mère de Viktor, pour apaiser ses enfants.

Mais le garde qui avait déclamé le texte roula aussitôt le parchemin et fit un signe de tête au garou qui se trouvait à sa droite. Ce dernier tendit à la mère une petite boîte en verre, dans laquelle voletait un curieux insecte, une sorte de petite libellule avec des ailes aux couleurs de l'arc-en-ciel et à l'abdomen blanc. On n'en trouvait pas au pays des garous, mais Viktor avait entendu dire qu'elles volaient par milliers dans la forêt des elfes, plus au nord.

La boîte était percée d'un large trou sur l'une de ses faces, couvert par un filet aux mailles fines pour retenir l'insecte.

— Place une de tes griffes dans ce trou, dit le garde d'une voix sifflante.

La femme-loup s'exécuta. Aussitôt, la curieuse libellule vint s'y poser. Les gardes s'approchèrent tous de la petite boîte.

Deux secondes plus tard, l'abdomen de l'insecte vira du blanc au rouge. Les six envoyés du Donjon Noir échangèrent alors un regard satisfait.

— Nos informations étaient justes, dit le garde. Ton sang n'est pas pur. Certains de tes ancêtres n'étaient pas des garous. Tu n'es pas de notre race, et, par conséquent, tes enfants non plus. De ce fait, le Seigneur du Donjon Noir ordonne votre enfermement.

Il sortit un petit carnet de sa besace et griffonna quelques mots, tandis qu'un autre allait tracer sur la porte de la maison, à l'aide d'une craie épaisse, un grand cercle rouge.

— C'est compris ? dit le garde. Personne ne doit sortir de cette maison. Pas même les enfants.

Il jeta un regard sévère vers Viktor, qui détourna aussitôt le regard. Puis ils partirent aussi vite qu'ils étaient venus, laissant la famille désemparée.

Sa mère, qui tremblait, s'affala sur une des chaises. Viktor bondit auprès d'elle pour la soutenir tandis que son père restait immobile, près de la porte qui vibrait encore sur ses gonds. Mina, sa petite sœur, pleurait en silence.

Ils restèrent un long moment dans la grande pièce de vie, entourés de leurs modestes meubles et de leurs bibelots. Sur la table, le gigot de mouton du soir ne fumait plus.

— Il faut partir, vite, souffla le père.

— Non, Père, osa Viktor, s'ils nous capturent, ils nous tueront.

— Il faut partir, prendre le risque. Notre porte est marquée du cercle rouge. Je sais ce que cela signifie. Mon ami Bogdan a subi cela, dans le village des Hautes-Côtes, et je ne l'ai jamais revu. Tout est fini pour nous, nous sommes condamnés.

— Mais où aller, Anton ? demanda son épouse.

— Il faut passer le Mur… Aller chez les humains, trouver un refuge. Les elfes ont trop de griefs envers nous pour nous accueillir. Nous avons quelques économies en argenterie. Nous trouverons bien un banquier humain pour nous les changer en or.

Viktor ne dit rien de plus. Au fond, son père avait raison. Il se murmurait de telles histoires à propos de ceux dont la porte avait été marquée de rouge… Des récits terribles que Viktor s'était forcé à oublier mais qui ressurgissaient à cet instant dans ses pensées.

— Nous devons voyager léger, dit le père. Chacun doit se limiter à un petit baluchon. Vite ! nous n'avons pas une seconde à perdre…

La famille se prépara à la hâte et le père sortit par l'arrière de la maison afin de s'assurer que des gardes ne patrouillaient pas.

Ce n'était pas le cas. Viktor et sa famille habitaient dans un paisible village, à deux kilomètres à peine du poste-frontière de Lupus-Ouest. La route qui continuait de l'autre côté les mènerait directement vers Clamence, la capitale des humains. Une route qui s'avérerait dangereuse, car les humains veillaient à ce que les garous ne passent pas le mur. Son père donna le signal et ils se mirent sur leurs quatre pattes pour avancer plus vite. La famille s'enfonça dans la première forêt.

Il faisait nuit, et le minuscule quartier de lune n'éclairait rien du tout. Une chance pour eux. À la sortie des arbres, ne pouvant éviter de rester à découvert, ils longèrent le chemin en cherchant les ombres.

Mais ils n'étaient plus seuls. D'autres familles convergeaient vers le Mur. Des patrouilles de gardes, tous portant l'effrayante cape, allaient et venaient, incitant les fuyards à regagner leurs domiciles.

Lorsqu'ils arrivèrent devant le Mur de pierres, haut de plus de dix mètres, une centaine de familles s'y trouvait déjà. Des hommes et des femmes avaient laissé leurs enfants à l'arrière et tentaient d'ouvrir le grand portail de fer pour se précipiter de l'autre côté. On entendait des cris, des hurlements. Des gardes tentaient de disperser les contrevenants en les emprisonnant dans des filets aux mailles d'argent. Les fuyards avaient sorti leurs armes mais n'en usaient pas encore franchement. Tous cherchaient à échapper à la ségrégation et à l'enfermement, et fuyaient leur maison. Il y avait peut-être encore un espoir, s'ils parvenaient à franchir cette porte et à se réfugier de l'autre côté, chez les humains.

— On ne passera jamais, dit la mère de Viktor.

— Il le faut, pourtant, répondit son père, c'est notre seule chance.

Et il bondit dans la bataille. Les gardes, dépassés, se mirent en retrait. Viktor entendit l'un d'eux hurler aux autres que des renforts arriveraient bientôt.

L'effort collectif fut efficace et la lourde porte finit par s'ouvrir sur une vingtaine de centimètres. On fit passer les enfants. Viktor fut parmi les premiers.

— Vite, vite ! cria son père qui se trouvait aux avant-postes.

Mais les renforts arrivèrent très rapidement et, cette fois, les gardes noirs utilisèrent leurs armes pour dompter la foule. Ils parvinrent à la contenir. Ils distribuaient des coups sur les garous les plus courageux, ceux qui n'avaient pas délaissé la première ligne. La porte se referma sur les gardes garous et les gardes humains, de l'autre côté, continrent la foule avec violence.

2 Amis

Du côté des humains, les enfants s'étaient éparpillés. Viktor avait réussi à se faufiler et à courir en direction d'un petit bois. Il était parvenu à passer le Mur ! Mais était-il le seul de sa famille ? Ses parents et sa petite sœur ne se trouvaient pas à ses côtés…

Le ventre et le cœur noués, Viktor observait depuis un haut fourré le regroupement des gardes humains en grand nombre, se préparant, peut-être, à une seconde vague d'envahisseurs. Certains étaient partis pour ramener les enfants garous de l'autre côté. Viktor n'eut d'autre choix que de s'éloigner, seul, du poste-frontière de Lupus-Ouest. Sa sœur et ses parents n'étaient donc pas parvenus à se frayer un chemin… Il se trouvait séparé d'eux sans même avoir eu le temps d'échanger un dernier regard, une simple étreinte, pour lui donner du courage dans l'adversité.

Il courut sur ses quatre pattes à en perdre le souffle et, lorsqu'il sortit enfin du bois, il aperçut un humain aux cheveux clairs, qui devait avoir son âge. Il lui tournait le dos et marchait sur un chemin de terre, un arc à la main.

— Aide-moi ! dit Viktor, à bout de forces.

L'inconnu se retourna et le jeune garou remarqua aussitôt l'expression de terreur qui défigurait son visage. L'adolescent installa en une fraction de seconde une flèche pointue sur son arc et banda la corde.

Il allait tirer ! Et il visait peu ou prou la tête de Viktor !

La flèche partit aussitôt et siffla au-dessus de sa tête. Elle passa à une vingtaine de centimètres, tout au plus, du tissu de sa houppelande !

Le projectile alla se figer entre les deux yeux d'un aigle géant. L'oiseau, qui faisait plus de trois mètres d'envergure, tomba sur le sol, comme une pierre. Un tir parfait !

— Ces satanés volatiles sont assez fourbes pour ne pas glatir avant de fondre sur leur proie. Tu as eu chaud.

Viktor, encore sous ce choc, en plus de tous les autres, balbutia un « merci ».

— Je m'appelle Tristan, dit l'humain qui tendait maintenant sa main au garou.

Ce dernier lui tendit ses griffes.

— Mon prénom est Viktor. Tu… tu n'as pas peur des garous ?

Tristan haussa les épaules.

— Non. D'un aigle géant, oui, peut-être, mais de toi, non. Pourquoi devrais-je avoir peur ?

Le garçon rangea son arc et souffla sur la mèche blonde qui descendait sur son front et qui le gênait pour voir. Sa sœur se moquait souvent de lui à ce sujet en lui disant qu'il devrait aller de l'autre côté du Mur, chez les elfes, qui étaient d'excellents coiffeurs. « Surtout pour dégager les cheveux autour de leurs grandes oreilles ! »

— Parce que…, balbutia Viktor. Parce que…

Mais il n'arriva pas à terminer sa phrase.

— Viens… Tu trembles, tu as froid ou tu as peur… Je vais t'emmener à la maison.

Ils évitèrent les chemins et empruntèrent les champs et les bois. Durant ce trajet sur les terres sombres, Viktor lui expliqua la raison de sa présence de ce côté du Mur.

Tristan se montra soucieux mais il ne dit rien.

Ils arrivèrent bientôt devant une petite maison aux murs de pierres et au toit de chaume. Une fumée claire s'échappait de la cheminée. Tristan entra le premier.

— Ne fais pas attention au capharnaüm, dit l'adolescent, en tendant un bougeoir à son invité.

La lumière de la bougie colora aussitôt l'intérieur. En effet, nota Viktor, c'était un véritable capharnaüm. Du linge en vrac et divers objets traînaient sur le sol. Des casseroles et des plats sales baignaient dans une grande marmite posée dans un coin.

Sur le mur, des étagères regorgeaient de centaines de livres empilés dans un équilibre précaire. Viktor remarqua également un pan de mur où étaient exposés des armes diverses et des boucliers, tous recouverts de poussière.

— Notre mère est morte et on vit ici avec mon père Jehan le Chevalier, et…

— Jehan, le Chevalier du Roi ? le coupa son visiteur, avec stupeur.

— C'est exact, répondit Tristan, non sans fierté. Avec mon père et ma sœur Alicia…

C'est elle qui devrait s'occuper de la maison, mais elle préfère s'entraîner à tirer à l'arc et à manier l'épée. Elle est encore plus dégourdie que moi pour ça ! Bon, je trouve ça plutôt normal. Alors on range, on lave, on cuisine chacun à tour de rôle. Mais tu vois le résultat…

Tristan adressa un clin d'œil à Viktor. Le garou écoutait cette explication, mais son regard était attiré par la grande tapisserie qu'il venait de découvrir sur le mur de droite, en s'approchant avec sa bougie. Une carte du Royaume des Quatre-Murs y était brodée. C'était la première fois que le jeune garou en voyait une ! Elles étaient interdites de son côté du Mur. On disait qu'il y en avait une, gravée sur une des parois de la grande bibliothèque du Donjon Noir, et que cette représentation était la seule de la région.

Pour la première fois, il put avoir une vue d'ensemble sur cette terre circulaire, séparée en quatre régions par quatre murs, avec sa riche capitale Clamence, en son centre : la région des humains, qui couvrait la moitié du territoire, à l'ouest, celle des trolls, au nord-est, la terre des garous, au sud-est, et enfin la forêt des elfes, la plus petite des contrées, coincée entre les deux précédentes.

Soudain, une voix féminine interpella Viktor.

— Nous avons un invité ?

C'était Alicia. Elle était plus grande que Tristan de quelques centimètres. Elle avait de longs cheveux roux bouclés qui flamboyaient à la lueur des bougies. Elle possédait le même air décidé que son frère. Ses yeux pétillaient d'intelligence.

Tristan présenta le jeune garou puis demanda des nouvelles de leur père.

— Comment va-t-il ? Mieux, je l'espère…

— Son état empire, répondit Alicia. Que t'a dit le médecin ?

— Il viendra demain à la première heure. Père n'est pas le seul à souffrir, à ce qu'il paraît.

À cet instant, Viktor entendit une longue quinte de toux.

— Il est malade depuis une semaine, précisa Alicia. C'est un crève-cœur pour nous de le voir alité, lui qui est inarrêtable, d'habitude…

Viktor raconta à nouveau son histoire. Il parla de la visite des gardes noirs, de la marque rouge et de leur fuite vers la porte de Lupus-Ouest.

— Ils ont reproché à maman, à ma sœur et à moi de ne pas être de purs garous. Et maman n'a pas cherché à se défendre... Comme si elle se sentait fautive... Je n'y ai rien compris...

— Il faut que tu retournes chez toi, dit Alicia, les traits tirés, manifestement mal à l'aise. Nous prenons des risques à te garder ici. Et puis, ta famille doit t'attendre !

Elle s'arrêta net en entendant des bruits provenant du dehors. Ils entendirent des chevaux hennir, des cliquetis d'armes. Que signifiait ce remue-ménage, en pleine nuit, dans cette campagne profonde ?

— Le Roi ! hurla une voix.

Les trois adolescents se ruèrent à la fenêtre. Le Roi des Quatre-Murs, Mayeul Trèflecœur, se dirigeait vers la maison d'un pas décidé, entouré de quatre gardes lourdement armés et porteurs de flambeaux.

— Vite ! cache-toi ! souffla Tristan à l'intention de son invité.

Mais le jeune garou, d'instinct, s'était déjà dissimulé quelque part, dans le plus grand silence.

La porte s'ouvrit à la volée et le Roi entra.

3 La mission

Sa Majesté Mayeul Trèflecœur entra dans la maison et s'arrêta en face de Tristan. Son haut front luisait autant que sa prestigieuse couronne.

Les gardes étaient, eux, restés à la porte.

— Je veux voir Jehan, dit-il, de cette voix assurée qui n'acceptait aucune contestation.

— Mon père est malade, répondit Tristan.

— Il est trop faible pour quitter son lit, ajouta Alicia. Vous ne pourrez pas lui confier une de vos missions habituelles.

En tant que Chevalier, il pouvait, sur ordre du Roi, se rendre par-delà les murs et dans n'importe quelle région du Royaume, pour résoudre des problèmes graves et y faire régner l'ordre au nom de la Couronne. Un privilège unique.

Le Roi hocha la tête.

— La rumeur disait donc vrai, dit-il, avant de faire un signe de la main en direction de sa délégation, restée devant la maison.

Aussitôt, un homme arborant une longue barbe blanche, qui traînait presque sur le sol, entra. Il tenait une sacoche en cuir dans la main. Tristan et Alicia avaient déjà rencontré cet homme lors de la cérémonie d'intronisation de leur père, à Clamence, leur seule et unique visite dans la capitale du Royaume des Quatre-Murs, lieu secret et protégé.

Ils reconnurent Loth Rossignol, le médecin personnel du Roi.

— Où se trouve le patient ? demanda le praticien.

Une quinte de toux étouffée lui fournit la réponse. Il s'absenta quelques minutes dans la chambre du malade. Tristan proposa au Roi une infusion. Mais l'auguste personnage ne daigna pas même répondre. Il regardait par la porte restée ouverte. Son regard était perdu, au loin, vers son Royaume. Il semblait extrêmement soucieux.

Lorsque Loth Rossignol revint, le Roi sonda le visage de son médecin, qui cligna simplement des yeux. Tristan et Alicia virent le monarque s'affaisser de quelques centimètres.

— La situation est vraiment épouvantable, murmura-t-il.

Il chercha une chaise qui n'était pas encombrée pour s'y laisser tomber.

— Les choses continuent de s'aggraver de l'autre côté du mur, chez les garous. Le Seigneur du Donjon Noir terrorise sa population en envoyant ses gardes dans tous les villages ordonner l'enfermement de ceux qui n'ont pas ce qu'il appelle le « sang pur », ceux qui ont des ascendants humains, trolls ou elfes. Nous ne pouvons l'accepter, et il est de notre devoir d'agir ! Les garous cherchent à fuir, ce que nous pouvons être en mesure de comprendre. Nous ne sommes pas à l'abri d'une invasion massive vers notre région, pour commencer. Nous avons fait mettre tous nos gardes en alerte aux portes du Mur mais nous craignons que cela ne soit pas suffisant… Nous comptions envoyer Jehan au Donjon Noir pour faire entendre raison au dirigeant des garous mais nous voyons bien qu'il n'est pas en état.

Le Roi échangea un regard avec son médecin. Ce dernier, après un court mais vif temps de réflexion, hocha la tête.

— La situation exige des décisions inédites, dit le Roi. Nous pourrions dépêcher un émissaire quelconque, un diplomate du château, mais cela serait un mauvais signal à envoyer de l'autre côté du mur. Seul le Chevalier du Roi peut y être envoyé en mission, ou à défaut, celui ou celle qui lui succédera un jour. Ses enfants, donc. Telle est la loi. Nous vous savons capables d'une telle mission. Votre père ne tarissait jamais d'éloges à votre sujet.

Tristan bondit devant le souverain. Il venait de comprendre. Loth Rossignol prit la parole :

— Votre mission sera double. Puisque le Roi, souverain de tous les peuples, l'exige : il vous faudra convaincre le Seigneur de cesser ses persécutions auprès de la population dont le Roi lui a confié la charge. D'autre part, vous devrez rapporter de votre périple un ingrédient qui me sera nécessaire afin de préparer un remède capable de soigner votre père. Il s'agit du sable noir contenu dans un des sabliers géants de la grande bibliothèque du Donjon.

Tristan demanda au monarque :

— Pourquoi n'allez-vous pas voir notre père en personne ? Est-il contagieux ?

— Je n'ai pas à vous répondre, dit le Roi.

Cela coupa court à la conversation. Le médecin précisa cependant :

— Pendant votre absence, je viendrai rendre visite à votre père deux fois par jour pour le soulager. N'ayez aucune crainte à ce sujet.

Et sur ces paroles, le Roi et sa suite quittèrent la chaumière, laissant les trois adolescents et le Chevalier alité aux portes de l'aube.

Le soleil se leva quelques heures plus tard et ce furent ses rayons, en traversant la fenêtre, qui réveillèrent les trois adolescents étendus sur le sol de la grande pièce à vivre.

En préparant un brouet d'avoine, Tristan, Alicia et Viktor discutèrent de la visite du Roi et de la tâche qui leur incombait à présent. Le jeune garou s'exprima :

— Pourquoi le Seigneur du Donjon Noir a-t-il ordonné à ses gardes d'enfermer les garous qui n'ont pas le sang pur ? Il cherche quoi en nous stigmatisant comme ça ? Que va-t-il faire de nous ?

Alicia et Tristan étaient incapables de répondre à ces questions. Mais ils comptaient bien obtenir des éléments de la bouche même du Seigneur. En attendant, les trois adolescents se retrouvèrent autour de Jehan et constatèrent, avec anxiété, que son état avait encore empiré depuis la veille. Alicia et Tristan restèrent près du malade pour l'hydrater. Ils se relayaient pour passer un gant en coton humide sur le front brûlant du malade.

— Comment vas-tu, ce matin, Père ? demanda son fils.

Il fut à peine en mesure de souffler quelques syllabes, qui, hélas, ne formaient même pas un mot. Cela inquiéta encore davantage ses enfants.

Alicia tremblait en manipulant les ustensiles. Cette situation faisait relativiser Viktor. Certes, il était séparé de ses parents et de sa sœur à l'heure qu'il était. Mais eux étaient en bonne santé. Ils l'étaient tout du moins jusqu'à son départ…

Tristan, de son côté, se posait des questions à propos de cette maladie. Jehan était connu pour sa santé de fer ! Il n'aurait pu contracter une affection ordinaire ! Alors, comme il avait toujours été à l'aise avec les livres, Tristan commença à feuilleter des ouvrages d'Histoire du Royaume. Il n'existait pas beaucoup de ces manuels dans tout le pays, en dehors de ceux contenus dans la bibliothèque du Chevalier du Roi. C'était un luxe.

Et, en effet, il trouva mention d'un Chevalier du Roi, il y a très longtemps de cela, qui avait succombé à une maladie dont les symptômes ressemblaient étrangement à ceux de Jehan. Comme pour conjurer le sort, le fils referma le livre et le rangea dans son rayon.

L'heure était plutôt à l'action !

Et, en milieu d'après-midi, après avoir préparé leurs sacs et leurs armes et sellé leurs chevaux, ils partirent tous les trois en direction de la région des garous, en suivant le chemin tracé par leur jeune compagnon. Des gardes patrouillaient sur les routes, traquant les migrants. Ils coupèrent à travers bois.

4 Premier obstacle

Tristan et Alicia avaient le cœur lourd à l'idée de laisser leur père seul, alors que la maladie l'affaiblissait d'heure en heure. Mais ils étaient en mission, chargés par le Roi de remplacer Jehan. Loth avait promis de veiller sur leur père, ce qui leur apportait du réconfort.

Lorsque les enfants de Jehan arrivèrent devant la porte Lupus-Ouest, Viktor était à leur côté.

— Par ordre du Roi Mayeul Trèflecœur, dit Tristan à l'adresse des soldats qui gardaient la porte, laissez-nous passer dans la région des garous ! Nous devons y ramener ce citoyen et avons une mission de la plus haute importance à y accomplir.

Les trois gardes ne purent réprimer un ricanement.

— Nous avons pour consigne de garder cette porte fermée, répondit l'un d'entre eux. Par ordre du Roi Mayeul Trèflecœur… retourne donc à l'école !

Il avait prononcé cette dernière phrase d'un ton plus aigu, en cherchant à imiter la voix de Tristan.

— Vous commettez là une grossière erreur, dit Alicia. Nous sommes les enfants de Jehan. Laissez-nous passer ou il vous en coûtera…

À l'énoncé de Jehan, les hommes se regardèrent, avant que l'un d'entre eux propose d'envoyer un pigeon au Palais. Il alla dans le poste de garde afin de rédiger le billet.

Les trois adolescents attendirent. Ils perdaient du temps mais ils n'allaient pas forcer leur propre ligne. Alors que le garde faisait partir le pigeon avec son message à la patte, un volatile semblable arriva dans la tour depuis le Palais. Le garde s'empressa de gravir les étages pour aller débaguer le docile oiseau. Le message qu'il apportait était le suivant :

Ceci est un laissez-passer signé de la main du Roi. Il est à remettre en mains propres à Tristan et Alicia Haut-Fait. Ce document leur permettra de voyager dans le Royaume des Quatre-Murs tout entier et d'obtenir l'aide des gardes royaux en toutes circonstances.

Les gardes furent stupéfaits ! Dès lors, après leur avoir remis le précieux sésame, on laissa entrer les trois adolescents dans la région des garous. L'heure n'était plus à la moquerie, et on observait à présent Alicia et Tristan avec déférence. Les gardes garous, de l'autre côté du Mur, regardèrent Viktor avec sévérité.

— J'espère qu'un sang pur coule dans tes veines, dit le plus poilu des gardes à l'intention de Viktor. Dans le cas contraire, tu devrais être enfermé chez toi. Je te rappelle qu'une infraction aux instructions de notre Seigneur est passible de la peine de mort !

Viktor ne put retenir un frisson. Qu'était-il arrivé à ses parents et à sa petite sœur… ? Non, il ne voulait pas y penser.

— Suivez-moi, dit le jeune garou, dont les pattes endolories commençaient à s'engourdir à cause de l'effort, mon village se trouve sur la route qui mène au Donjon Noir…

Ils partirent à travers les champs, pour éviter d'être repérés, et arrivèrent au village en milieu d'après-midi.

Les rues étaient désertes. Il régnait un silence de mort. Tristan et Alicia trouvaient que tout y semblait terne.

Le ciel noir pesait comme un couvercle massif sur les petites maisons et la grande église.

— Ce n'est pas comme ça d'habitude, dit Viktor, mais depuis que le Seigneur du Donjon a lancé ses gardes contre nous, c'est comme si le soleil même nous fuyait…

Le frère et la sœur descendirent de leurs chevaux et suivirent Viktor qui alla frapper à la porte arrière de sa maison. Il n'obtint aucune réponse.

— Où sont-ils passés ? demanda Viktor. Je crains le pire.

Tristan tenta de le rassurer.

— Ne t'inquiète pas, ils ont certainement trouvé refuge quelque part après avoir été repoussés à Lupus-Ouest…

Alicia, de son côté, observait les portes portant le fameux cercle rouge. Elle en compta dix-huit.

— Eh, Viktor !

Ils se retournèrent tous les trois. Dans la maison d'en face, un garou avait entrouvert ses volets pour leur parler.

— C'est Octave, s'exclama Viktor. Le patron de l'auberge.

Il s'approcha de son voisin.

— Tes parents ont été se réfugier dans la grotte du Chêne-Qui-Pleure…

Cela rassura l'adolescent. Il avait hâte de les retrouver.

— Il s'est passé des choses terribles par ici. Les gardes noirs ont tué le maire et cinq des conseillers municipaux en place publique pour avoir osé discuter les décisions du Seigneur du

Donjon Noir. Ne reste pas là, Viktor… Toi et tes amis humains… fuyez ! Fuyez pendant qu'il en est encore temps…

Au loin, une cavalcade se fit entendre et le garou claqua aussitôt son volet.

— Les gardes noirs ! souffla Viktor.

En effet, six garous en uniforme couraient dans leur direction, l'épée au clair, leur cape claquant au vent.

— Sortez vite du village, je vous rejoins ! cria Tristan.

Alicia hésita un bref instant mais reprit place sur son cheval. Elle le fit partir au galop, les fers de l'animal fracassaient le pavé. Viktor filait à sa suite.

Tristan, lui, avait un plan. Il prit son arc à la main et sortit à une vitesse surhumaine deux flèches de son carquois. Il les envoya coup sur coup sur les deux chaînes qui maintenaient à une barre la grosse enseigne en fer de l'Auberge de la Grenouille-Qui-Braille. L'enseigne tomba sur les deux premiers gardes noirs en tête du groupe qui furent assommés. Les quatre, à l'arrière, trébuchèrent sur leurs comparses et Tristan put sauter sur son cheval et rejoindre sa sœur et son ami.

Ils se retrouvèrent à la sortie du village, sur les rives d'un petit lac dont l'eau était étrangement foncée.

— Tu devrais filer vers la grotte du Chêne-Qui-Pleure pour y retrouver ta sœur et tes parents, dit Alicia.

Mais le jeune garou secoua la tête.

— Ce n'est pas l'envie qui m'en manque, dit-il, mais j'ai peur que des gardes noirs me suivent, je n'ai pas l'habitude de ce genre de situations, je ne suis pas comme vous…

Alicia et Tristan échangèrent un regard pas si assuré que cela.

— C'est plus raisonnable que je reste avec vous et que je gagne la grotte une fois que

vous aurez arrangé les choses avec le Seigneur du Donjon. Et puis, comme ça, je peux vous montrer un raccourci à travers les bois pour rejoindre le Donjon… Je pense à Jehan, chaque minute compte, non ?

Ses compagnons de voyage le remercièrent chaudement.

Une ferme succéda à une ferme, puis un village à un village, une église à une autre. Et, au détour d'un haut bois, Tristan, Alicia et Viktor aperçurent enfin le Donjon Noir, perché au sommet de sa colline. Le but de leur quête. De gros nuages gris s'étaient amassés au-dessus de lui, repoussant le soleil au loin, derrière cette grande silhouette de pierre. On était en plein jour et, pourtant, l'ombre du donjon plongeait les adolescents dans la nuit.

5 Le Donjon Noir

La route montait et serpentait jusqu'à la haute herse du Donjon. Au fur et à mesure qu'ils escaladaient la colline, l'obscurité devenait de plus en plus prégnante. Il faisait plus froid aussi. À mi-distance, Viktor dut faire une pause. Il s'était écorché la patte arrière droite dans un buisson de ronces et, pour le soulager, Tristan lui fit un pansement à base d'argile verte et de feuilles de sauge. Une bruine glacée fit son apparition lors des derniers mètres de leur ascension.

Ils s'arrêtèrent devant la herse et, aussitôt, deux gardes noirs surgirent d'une porte latérale.

— Qui êtes-vous pour venir au Donjon Noir ? tonna l'un d'eux.

Alicia brandit le laissez-passer que le pigeon avait apporté depuis le Palais de Clamence.

— Nous sommes ici par ordre du Roi ! dit-elle. Il a pouvoir sur tous les territoires du Royaume des Quatre-Murs. Nous demandons audience au Seigneur du Donjon.

Les gardes échangèrent un regard amusé.

— Tu mens ! Vous êtes bien trop jeunes pour avoir été désignés par le Roi pour une telle mission. De plus, il ne l'aurait pas confiée à cet enfant-garou !

Tristan mit pied à terre. Instinctivement, les gardes noirs dégainèrent leurs dagues.

L'adolescent alla chercher la missive auprès d'Alicia pour la leur confier.

Le chef des gardes la lut et se gratta le museau.

— Cela m'a pourtant l'air authentique. Je vais aller en aviser notre Seigneur.

Mais il ne fit qu'un pas avant de stopper net.

— Pourquoi le Roi ne se dérange-t-il pas en personne ? tonna une voix rauque qu'on eut crue venue des cieux.

C'était le Seigneur du Donjon Noir, l'occupant des lieux qui s'adressait aux visiteurs. Tristan, que la voix avait impressionné, maîtrisa ses frissons avant de répondre :

— Le Roi ne s'occupe pas de la politique intérieure du Royaume. Son Chevalier est là pour cela. Mais il est souffrant et nous sommes ici pour mener à bien sa mission.

Il y eut un long silence pendant lequel la bruine se transforma en pluie. Les vêtements des trois visiteurs se trempèrent.

— Soit ! répondit enfin le Seigneur. Je veux bien recevoir les jeunes émissaires de ce cher Trèflecœur.

Tristan, Alicia et Viktor avaient décelé l'ironie de la phrase.

— Mais il vous faudra tout d'abord arriver au sommet du Donjon Noir, là où vous me trouverez… Et réussir à passer les trois épreuves du Loup…

Tristan et Alicia se prirent par la main pour contenir l'angoisse qui montait en eux.

— Et je ne veux pas de l'enfant-garou qui est avec vous ! précisa le Seigneur. Lui n'a rien à faire ici. Sa mère n'a pas le sang pur, et donc, lui non plus. L'entrée du Donjon est réservée aux garous de race pure. C'est à ces deux conditions que j'accepterai de vous recevoir. Et elles ne sont pas négociables.

Les enfants du Chevalier serrèrent Viktor dans leurs bras.

— Nous sommes ici pour demander au Seigneur de faire cesser cet ignoble racisme…, dit Tristan. C'est une des plaies de notre Royaume… Tu peux compter sur nous pour y parvenir.

Viktor, les yeux embués, hocha la tête. Alicia ajouta :

— Si tu veux nous attendre avant d'aller à la grotte, tu peux rester au pied de la colline. On reviendra dès qu'on aura vu le Seigneur.

Les gardes actionnèrent la herse qui se leva, sur un mètre seulement. Ils durent se courber pour passer. Cela sentait la viande crue. Tristan et Alicia se retrouvèrent alors en surplomb de la cour, en haut d'un escalier de pierre qui y descendait. Une lettre grecque était gravée sur la dernière marche.

Leur cœur cogna dans leur poitrine à la vue de la vingtaine de loups qui rôdaient dans la cour. Et il ne s'agissait pas de garous mais de bêtes sauvages, dont la plupart se léchaient les babines en les observant de leurs yeux menaçants. Alicia dégaina son épée.

— Sors ton arc ! dit-elle à son frère. La porte du Donjon est de l'autre côté de la cour. Il va falloir la traverser et je doute que ces bêtes nous laissent le faire en paix.

Mais Tristan secoua la tête.

— Nous n'avons aucune chance, soupira-t-il. Observe l'inscription sur la dernière marche.

C'est la lettre Alpha de l'alphabet grec. Je suis certain que c'est un indice. Il faut que nous trouvions le mâle alpha, le chef de la meute. En nous focalisant sur lui, nous parviendrons à convaincre tous les autres…

Alicia rangea aussitôt son arme et tenta de se rappeler le peu qu'elle savait sur le sujet : le chef de meute, chez les loups, urinait pour marquer son territoire. Les autres loups, en guise d'allégeance, venaient lui lécher le museau.

— Là ! cria-t-elle en désignant un loup un peu plus grand que les autres.

— C'est lui, oui, dit Tristan. Attends-moi ici !

Derrière eux se trouvait le poste des gardes et l'adolescent, en passant, avait remarqué l'odeur de viande crue. Il se glissa dans l'embrasure de la porte et reparut avec un gros morceau de gibier sanguinolent. Alicia comprit aussitôt ce que son frère avait en tête. Tristan, en retenant un haut-le-cœur, découpa le gibier en trois morceaux de taille égale qu'il perça à l'aide d'une flèche. Alors, il envoya les trois flèches en direction du mâle alpha. Assez près pour qu'il les remarque, et assez loin pour qu'il ne se sente pas menacé par les tirs.

Les vingt loups se réunirent autour de lui pour déguster cette pitance. Le stratagème avait fonctionné ! Les deux adolescents coururent en direction de la tour du Donjon, ouvrirent la porte et y pénétrèrent.

6 Dernières épreuves

Ils se retrouvèrent devant une volée de marches. Sur chacune d'entre elles figurait un symbole : la tête d'un garou, celle d'un humain, mais aussi celles de l'elfe et du troll. Les quatre races du Royaume des Quatre-Murs y étaient gravées…

— Je pense qu'il va falloir en choisir certaines et en éviter d'autres.

Évidemment, ils commencèrent à monter en empruntant les marches où se trouvaient les têtes de loups. Mais, un peu plus haut, ils se rendirent compte que la prochaine était trop éloignée pour être atteinte. Il fallait choisir une autre race.

— Les elfes, dit Tristan.

— Les trolls, dit Alicia.

Elle fut la plus rapide et en enjamba trois pour parvenir à celle des trolls. Elle y parvint et rien ne se passa. Tristan, lui, sauta sur celle de l'elfe qui se situait en contrebas de celle d'Alicia.

Dès qu'il y posa le pied, la pierre se fendit sous ses pieds. Heureusement, Alicia l'agrippa par la manche de sa chemise avant qu'il ne tombe dans le vide.

— Merci ! hoqueta l'adolescent.

Ils connaissaient à présent le code et, au vu de ce que le Seigneur du Donjon pensait du Roi, mieux valait ne pas tenter les marches représentant des têtes humaines.

Concentrés comme jamais, le frère et la sœur grimpèrent les cinq cents marches de cette curieuse marelle avant de parvenir au dernier étage. Ils se retrouvèrent devant une double porte capitonnée de cuir noir.

— Bienvenue dans ma bibliothèque ! dit la voix du Seigneur, qui résonnait sur les pierres. Vous avez brillamment réussi jusqu'ici, mais vous allez être confronté à la plus difficile de mes épreuves.

Il rit doucement.

En poussant les deux lourds battants, et en comprenant ce qui allait leur arriver, Tristan et Alicia, eux, ne rirent pas.

La bibliothèque, illuminée par de multiples flambeaux, était immense, garnie de livres du sol au plafond. Un plafond bien particulier, car celui-ci était en train de descendre lentement vers le plancher, sans pour autant écraser les étagères collées contre les murs.

La double porte s'était refermée d'autorité derrière eux et trois verrous s'enclenchèrent successivement pour leur couper toute possibilité de retraite. Tristan et Alicia étaient pris au piège ! S'ils ne parvenaient pas à arrêter le mécanisme, ils allaient finir écrasés ! Une mort terrible pour des aventuriers ! Le frère et la sœur échangèrent un regard. Chacun pouvait lire l'angoisse sur le visage de l'autre, renforçant leur envie de se battre.

Ils ne perdirent pas un instant et se faufilèrent autour des tables de travail pour tenter de découvrir les secrets du mécanisme. Des sabliers contenant une substance noire se trouvaient sur chaque table.

— Par ici ! dit Tristan.

Alicia le rejoignit près des encyclopédies. Il avait trouvé une sorte de coffret en fer dans lequel les pistons qui permettaient au plafond de descendre étaient bien visibles.

Tristan les compta. Il y en avait onze. Au pied de ce dispositif se trouvait un grand bocal de verre contenant des cubes en acier. Sur chacun était gravée une lettre. On pouvait lire sur le bocal l'inscription « Notre mère à tous ». Cela évoquait chez les deux adolescents l'histoire de la naissance des garous, justement, et de leur mère qui était pour eux une sorte de divinité religieuse. La première de la lignée, qu'ils appelaient le plus simplement du monde… la Louve.

— Regarde ! dit Alicia. Il faut reconstituer le mot « Louve » avec les lettres et positionner les cubes dans le rectangle, aux endroits indiqués, pour arrêter le mécanisme. Les cubes retiendront les pistons !

Le plafond était à mi-distance à présent ! Ils devaient faire vite ! Mais Tristan secoua la tête.

— Non, il y a onze pistons, onze emplacements… Tu dois avoir raison pour le mécanisme, mais le mot n'est pas « louve »…

Le plafond descendait encore et toujours plus vite.

— Il y a très longtemps, les garous parlaient le latin avant d'adopter notre langue…, souffla Alicia. Comment dit-on « louve » ou « loup » en latin ?

Tristan ne prit même pas le temps de hausser les épaules. Il fonça en direction de l'étagère des dictionnaires et trouva un dictionnaire de latin qu'il feuilleta à toute vitesse.

— « *Canis lupus* » ! lança-t-il à sa sœur.

Dix lettres plus l'espace ! Cela pouvait marcher !

Alicia se dépêcha de trouver les cubes en acier correspondant aux lettres dans le bocal de verre. Tristan rappliqua à toute vitesse pour l'aider. Et lorsqu'ils placèrent le « s » final, ils retinrent leur souffle.

Le plafond leur touchait presque les cheveux et… il s'arrêta !

Au même instant, une petite porte s'ouvrit dans le mur opposé à celui de l'entrée. Ils avaient réussi les trois épreuves ! Ils avaient dompté le chef de la meute, choisi les bonnes marches pour monter jusqu'au sommet du donjon, et trouvé le nom de la mère de tous les loups. Ils allaient pouvoir rencontrer le Seigneur du Donjon Noir !

— Le sable noir des sabliers pour le remède ! se rappela Tristan tandis qu'ils avançaient vers la porte. On a failli oublier…

Le fils de Jehan retourna vers une des tables et en saisit un. Il le déposa dans sa besace. Le médecin allait pouvoir concocter une potion de guérison pour leur père !

7 Diplomatie

Les deux adolescents entrèrent alors dans une grande salle de pierre dépourvue de toute fioriture, à l'exception d'un trône qui se trouvait contre le mur du fond. Le Seigneur s'y tenait assis. Tristan et Alicia s'avancèrent et furent très étonnés de découvrir un garou de petite taille, dont la tête était quasiment dépourvue de fourrure. Il était habillé simplement d'un costume violet fort élimé. Ses yeux étaient énormes, rouges, presque fluorescents.

Seule sa voix, en vérité, avait de la prestance. Il fit un geste de la patte pour les inviter à s'approcher.

— Alors ? demanda-t-il. Quel message voulait me délivrer le Roi par votre intermédiaire, courageux Chevaliers ?

Tristan prit la parole :

— Il faut cesser de terroriser ainsi votre population. De nombreux hommes, femmes et enfants garous cherchent à fuir vers les autres régions, et en majorité vers celle des humains, depuis que vous persécutez ceux qui ont, dans leurs veines, du sang humain, elfe ou troll… Ce n'est pas acceptable ! Le Roi vous ordonne de cesser immédiatement vos agissements.

Alicia allait ajouter que le Seigneur tenait son pouvoir de Mayeul Trèflecœur et de lui seul, et que le Roi pouvait, dès lors, le révoquer, mais elle jugea cela trop agressif. De plus, son interlocuteur était parfaitement au courant.

— Mais que savez-vous, jeunes humains, de mon grand peuple, celui des garous ? Ce que vous avez eu le loisir de lire sur nous dans les manuels de propagande publiés de votre côté du Mur ? Il y a une raison bien précise à cette politique de classement de ma population selon leur sang… Croyez-vous que cette décision penible a été facile à prendre pour moi ? J'ai jugé que c'était le seul moyen de protéger le peuple dont j'ai la lourde charge…

— Le protéger de quoi ? demanda Tristan.

Le Seigneur du Donjon Noir hésita à répondre puis s'y résigna, après un long soupir.

— De cette maladie qui frappe à nouveau le Royaume des Quatre-Murs. Elle avait déjà ravagé nos régions, il y a longtemps, alors que je n'étais pas encore né… On peut en trouver quelques traces dans certains manuels d'histoire qui n'ont pas gommé l'épidémie de leurs pages… Elle a décimé près de la moitié de la population il y a une centaine d'années de cela…

Cela stupéfia les deux adolescents. Le Roi et Loth Rossignol n'avaient pas joué franc-jeu avec eux !

Pire encore, cette maladie n'avait donc rien de bénin, elle pouvait même s'avérer mortelle… Et leur père chéri en était atteint ! Cependant, Alicia ne comprenait toujours pas.

— Mais en quoi priver de liberté les garous dont le sang est métissé protège-t-il votre région ?

— Je me suis entretenu longuement avec nos savants, répondit le souverain des garous, et ils sont formels : les garous dont le sang n'est pas métissé, tels que moi, sont immunisés contre la maladie. Ils ne peuvent, dès lors, ni l'attraper, ni la transmettre aux autres. Voilà pourquoi il m'est nécessaire de scinder en deux ma population.

Tristan décida de reprendre l'offensive :

— Ce n'est pas une raison pour stigmatiser ainsi ceux qui n'ont pas le sang « pur » ! D'ailleurs, je n'aime pas ce mot. Il n'est pas juste. C'est une méthode archaïque, et indigne de notre Royaume. Et puis, pourquoi ne pas avoir au moins expliqué la raison de cette décision ? Pensez-vous que les citoyens ne sont pas à même de comprendre le danger qui pèse sur eux ?

— C'est un tort, en effet, répondit le Seigneur après un bref temps de réflexion.

— Le Roi s'oppose à votre politique ! continua Tristan, d'un ton le plus ferme possible. Vous devez cesser immédiatement vos agissements… D'autant que le médecin du Roi, Loth Rossignol, nous a confié être capable de concocter une potion de guérison…

Le Seigneur du Donjon Noir émit un petit rire narquois.

— Oui, peut-être, mais la partageront-ils avec les garous, les elfes, et les trolls ? Cela reste encore à prouver !

Le souverain avait laissé percer une lourde rancœur avec ces derniers mots. Cela n'avait pas échappé aux deux valeureux visiteurs. Il y avait un mystère ici…

Quelque chose que leur hôte ne souhaitait pas leur communiquer.

— Qu'est-ce que le Roi a encore à prouver ? demanda Tristan, de sa voix la plus assurée. Qu'insinuez-vous par là ?

Le Seigneur grogna et commença à se sentir mal à l'aise sur son trône.

— Ce n'est guère un secret, encore que peu de citoyens en soient informés… Il y a des épisodes qu'on aime à rayer des manuels d'histoire, mes enfants… Je peux bien vous le dire, ici… Vous l'apprendrez tôt ou tard… C'est à la suite de la première épidémie, savez-vous, qu'ont été construits les quatre murs… Car chaque race avait accusé l'autre d'être la source de la maladie puis de l'avoir colportée aux quatre coins du Royaume…

— C'est ridicule, dit Tristan. Dans un cas d'urgence comme celui-ci, lorsque la situation l'exige, il faut savoir s'allier et oublier nos différences…

— Ainsi va la nature de nos quatre races…, philosopha leur hôte.

Le silence se fit avant qu'il ne reprenne la parole.

— Mais, soit ! dit-il. Je dois allégeance à Mayeul Trèflecœur. Et puis vous m'avez séduit par votre courage, votre audace et votre sens de l'abnégation. Je vais donner l'ordre à mes gardes de faire cesser la terreur même si je sais que c'est notre seule chance. Mais alors, il faudra que le Roi veille à ce que toutes les régions du Royaume coopèrent et qu'il s'engage à nous faire bénéficier de la potion de guérison au plus vite. Voici mon message, et je vous demande de le porter en retour au Roi Trèflecœur.

Tristan et Alicia se retinrent pour ne pas se jeter dans les bras l'un de l'autre. Ils avaient réussi ! Ils échangèrent un regard complice et se précipitèrent vers la sortie. Ils avaient hâte de retrouver Viktor, de porter la nouvelle de cette victoire au Roi et de donner la précieuse poudre noire au médecin.

8 Victoire ?

Les deux adolescents rejoignirent Viktor au pied de la colline.

Le jeune garou s'était allongé au pied d'un if pour se reposer. Sa blessure le faisait souffrir malgré le pansement, mais la nouvelle de la réussite de ses deux amis humains le transporta de joie, faisant aussitôt disparaître sa douleur.

— Tu vas pouvoir retrouver tes parents dans la grotte, l'informa Alicia. Et vous pourrez retourner chez vous et vivre en paix sans avoir peur de vous faire persécuter par les gardes noirs. Votre Seigneur s'y est solennellement engagé.

— Je ne sais comment vous remercier, répondit leur ami. J'enlèverai moi-même cette affreuse marque rouge dessinée sur notre porte, même si je dois le faire au rabot !

Il leur sourit avant d'ajouter :

— Mais au fait… avez-vous aussi ramené le sable pour soigner votre père ?

Les nuages s'étaient éparpillés dans le ciel et le soleil couchant perçait à présent. Tristan sortit le sablier de sa besace et le verre prit une jolie teinte orangée. La couleur chaude de l'espérance.

Le fils et la fille de Jehan chevauchèrent jusqu'à la grotte du Chêne-Qui-Pleure et assistèrent, émus, aux retrouvailles de Viktor avec sa famille.

— Viktor ! s'écria la mère en allant au-devant de son fils.

— Maman ! Je suis si heureux de vous retrouver… Et grâce à mes nouveaux amis, ma petite griffe me dit que tout va bientôt s'arranger…

Son père Anton s'approcha alors et le serra fort dans ses bras.

— Je suis fier de toi, mon fils. Et je souhaite la bienvenue à nos amis humains.

Mina, sa petite sœur, se joignit au groupe.

Lorsque Viktor détailla à ses parents et à sa petite sœur, ainsi qu'aux autres hommes, femmes et enfants garous aux alentours, l'incroyable aventure de ses deux amis humains qui avaient brillamment réussi les trois épreuves du Donjon, un tonnerre d'applaudissements se fit entendre dans la grotte.

La mère de Viktor insista pour offrir aux deux amis de son fils un bracelet maillé en argent, symbole de courage dans ce territoire.

Mais Tristan et Alicia ne s'attardèrent pas et, tandis que les garous retrouvaient leurs foyers, ils foncèrent à bride abattue vers le territoire des humains et leur chaumière. Ils ne rencontrèrent aucun garde noir sur leur route et passèrent la porte de Lupus-Ouest sans encombre.

De retour chez eux, ils trouvèrent Loth Rossignol, le médecin, qui épongeait le front suintant du malade. Les enfants s'approchèrent de leur père pour lui murmurer à l'oreille l'heureuse nouvelle de leur réussite.

— Je vais de ce pas envoyer un pigeon pour prévenir notre Majesté de la bonne nouvelle, dit le docteur. Nous allons pouvoir cesser de déployer nos gardes aux frontières…

Et, puisque Tristan et Alicia s'étonnaient de ne pas recevoir de réponse de Jehan, il précisa, avant de s'éloigner :

— Je crois que votre père est malheureusement à un stade avancé de la maladie, même si nous ne possédons pas une grande littérature à son sujet. Il vous entend peut-être, mais n'est pas en mesure de vous répondre.

Pourtant, ses deux enfants, qui avaient chacun pris une de ses mains dans la leur, sentirent un léger mouvement de ses doigts. Comme s'il cherchait à les caresser, sans en trouver la force.

Tristan et Alicia rejoignirent le médecin du Roi devant la maison. Il venait d'envoyer le pigeon en direction du Palais de Clamence. Tristan lui tendit le sablier trouvé dans la bibliothèque du Donjon Noir.

— C'est excellent, dit Loth Rossignol, mais, hélas, ce n'est pas suffisant. La formule qui figure à la bibliothèque royale de Clamence stipule bien que la poudre noire n'est qu'un des ingrédients de la potion de guérison. Il en manque trois autres…

Les deux adolescents n'en croyaient pas leurs oreilles. Mais alors ? Leur père ne serait pas guéri dès ce soir ?

— Où se trouvent les trois autres ingrédients ? demandèrent en chœur Tristan et Alicia. Nous irons les chercher, nous les trouverons !

— Ils sont éparpillés dans tout le Royaume. Vous avez trouvé celui qui se trouve chez les garous, il y en a un chez nous, humains, puis un autre chez les trolls des montagnes et le dernier chez les elfes des forêts…

Tristan secoua la tête de dépit.

— Le seigneur-loup avait donc raison en disant que personne n'avait voulu collaborer lors de la première épidémie afin qu'elle cesse le plus rapidement possible…

— Qui a pu penser à l'époque, enchaîna Alicia, que quatre murs pourraient empêcher quoi que ce soit ? L'isolement est toujours une faiblesse, jamais une solution !

Tristan continua :

— Eh bien, cette fois, cela ne se passera pas comme ça, Docteur Loth ! Nous allons sauver notre père Jehan et les autres malades à venir… Nous, les jeunes sujets du Royaume, nous allons monter au créneau, et s'il faut abattre des murs, nous les abattrons… Nous ferons tout pour que cette fois, cette maladie disparaisse en alliant toutes nos forces et nos espérances !

*

Et, pendant ce temps-là, à l'ouest de Clamence, une créature de glaise, un monstre hideux et terrifiant, émergeait des marais pour venir terroriser une population qui n'en avait nul besoin.

Mais ceci est une autre aventure…

Table des matières

Un petit mot de l'auteur et de l'illustrateur

Quel bonheur de débuter, en votre compagnie, la quête d'Alicia et de Tristan, ces deux jeunes héros remplis de courage. Cette série est ma première incursion d'auteur dans un univers de fantasy et je m'y sens déjà comme un poisson-plume dans un encrier ! Il nous reste tant à découvrir dans cet étrange Royaume des Quatre-Murs à l'histoire chahutée… La grande forêt des Elfes, la haute montagne des Trolls, les marais des Humains… Alors, je vous dis à très bientôt pour de nouvelles aventures… Laissez-vous porter, je serai votre boussole… par tous les temps !

Bertrand Puard

Mettre en images une histoire, c'est toujours passionnant ! Et quand c'est pour accompagner des premières lectures c'est encore mieux ! J'adore les histoires de fantasy et je suis enchanté d'avoir la possibilité d'encourager les jeunes générations à s'y plonger. J'ai mis tout mon cœur à « donner vie » à l'univers créé par Bertrand Puard que vous pouvez commencer à découvrir dans ce tome. J'espère que cette histoire et les dessins qui l'illustrent vous plairont et j'ai hâte de vous montrer la suite ! Bonne lecture !

Nicolas (ico) Vallée

LES MARAIS
LE PALAIS ROYAL
LA CITÉ
MARCHANDE
LES CHAMPS